한때 구름이었다

한때 구름이 있었다

시인수첩 시인선 026

방수진 시집

문학수첩

구름이었다가 비였다가

문이었다가 등받이였다가

통로였다가 벽이었다가

선이었다가 점이었다가

너였다가 나였다가

한때는

당신도

그리고

나도.

|차 례|

2부

3부

4부

해설 | 허희(문학평론가)

1부

雨연히

다시 만날 수 없는 너의 일기장에 흘겨 쓴다 우리는
한때 구름이었다

질량은 유한하지만 경계는 없고 하지만 충분히 넓고
가벼운 우주, 하나의 홑씨

지상에 떨어지기 전 우리는 아주 가까워지거나 몹시
멀어져 왔다 손을 빠져나가기 전만큼만 파닥거리는 생선
처럼

어릴 적 아파트 뒤편 공터는 아지트였다 하늘에 구름
한 점 없어도 각자 들고 온 우산을 펴 놓고 들어앉아 허
락 없인 못 들어와 으스대곤 했었다 그러다

비가 오면 저마다의 손님을 받아 내느라 한바탕 소동
이 일었지 우산을 들고 이곳저곳 달아나기도 했지

우산 없는 아이들보다 우산 있는 친구들의 고함 소리

가 더 빨리 잦아들곤 했었다 젖지 않으려면 우산 하나에 모두 숨거나 하나씩 덧댈 수밖에 없어서, 갑자기 친구 손이 우산 속으로 쑤욱 나를 끌어당겼다 나란히 어깨동무한 난쟁이 행성들 만들어 놓고 우린, 그때 처음 깨달았는지 몰라

교집합은 아름답다, 아름다운 것이다

비가 그치자 우리는 서로를 중심에 놓고 뱅글뱅글 공전하기 시작했다 비가 그쳤어도 손을 놓지 않고 비가 그쳤어도 젖은 옷 말리지 않고 비가 그쳤어도

우리는 여전히 구름이다 난 방금 당신의 겨드랑이를 스쳐 지구 반 바퀴를 걸어왔다 악수하자 멀어지는 간격의 방정식

당신의 중력은 나의 척력마저 사랑해야 한다 그래야우리는 일정한 거리를 두고 서로를 바라볼 수 있다 태초

의 저 흩어지지 않을 만큼만 모여 있는 한 뭉치 안개꽃,

우리,

구름처럼.

폭우

너는 말을 하다 말고
눈을 감았다
커피는 따뜻했고
찻잔은 조금씩 기울었다
한참 동안 침묵의 냄새를 맡았다
커피가 한 겹씩 증발하기 시작했을 때

나는 당신이 감은 것이
눈이었는지
심장이었는지
알 수는 없었지만
커피는 점점 줄어들고
침묵은 짙어져 바닥으로 떨어지고 있었지 분명
오래 볶은 원두 탓이다
원망하면서

우리는 두 눈을 감고 있었고
귀로는 시간을 감고 있었고

비로소 장마가 시작되고 있었지
예감은 속눈썹 위로 떨어진다
차마 두 눈을 치켜뜰 수 없게
창문은 굳게 닫혀 있었지만
거리 위에는 차마 태어나지도 못한 말들이
지상으로 한데 쏟아지고 있었네
창문에 매달린 빗줄기가 괴성을 지르며
떨어져 하수구로 달려간다 문득
감은 내 두 눈에서 그리운 냄새가 흘러내렸다 뚝－
부러진 그리운 말 하나,

두 사람이 마주 앉았다

십 년 만의 폭우라지

두 눈은 감은 채

찻잔은 말라 간다

보고 싶은 웃음들

바닥이 흥건하다

ㄱ의 감정

　곡선의 아름다움은 직선의 외도에 있다. 걸어온 것들을 그 자리에서 추락시키고 뼈를 꺾고 살을 베어 처음과 끝 그 태생적 외로움을 안으로 안으로만 품어 주는 일. 직선이 제 팔을 꺾어 곡선이 될 때 수만 개의 관절이 부서지고 뒤틀린다. 차마 둥글어지지 못한 것들은 각이란 허공을 가지지. 어둠을 낳고 어둠으로 깊어진다. 품을 수 없는 것들은 가두어 내려앉아 버리고 밑으로만 밑으로만 아득해지지. 하이힐이 섹시한 이유는 곧고 날렵해지는 다리 곡선 때문이 아니다. 누군가의 무게를 버티려 최대한 몸을 웅크린 삼각의 감정 때문이다. 발뒤꿈치의 동동거림, 그 허공의 눈빛 때문이다. 그래서 견디는 것들은 모두 슬프지. 버티는 것들은 간절하다. 평생을 고개 숙여 허공을 받아 내는 저 ㄱ처럼.

무인반납기

집 떠난 시간들이 하나둘씩 돌아오고 있어 스프링 볼처럼 무작정 뛰쳐나간 너의 행방만 모르고 있다 장롱 속 쌓아 둔 스웨터처럼 한참을 잊고 지냈었지 가을이고, 가을이야 급작스러운 탄성처럼 잎들이 제 몸 터트리고 있어 제 몸 멍들어 변(辨)하고 있어 오늘 나는 네게 빌려준 책들을 돌려받을 궁리를 하며 도서관 벤치 앞에 서 있다 단풍잎 떨어지는 소리에도 들썩이는 저 무인반납기처럼 내용도 두께도 개수도 상관없이 묵묵히 제 구멍 열어 닥치는 대로 삼키는,

잘못 떠난 길이었다 하며 손에 단풍잎 하나 쥐고 내 앞에 선다면, 난 내 입 크게 벌려 너를 안아 줄 거야 부재의 날들이 네게 새겨 준 세로줄 문신을 유심히 읽어낼 테야 하늘은 지독하게 맑았고 바람도 눈길 한번 주지 않던 바싹 마른 오후, 자주 내 입에 넣어 주던 고등어구이가 먹고 싶은 날이야 등 쪽을 좋아하지 한 젓가락 들어 올려 내 혀 위에 얹어 주던 날 왜 미소는 타인을 위해서만 존재하는지 깨닫곤 했었다 이렇게 잠시

눈 감았다 뜨면 내가 지은 가을이야 하며 너는 가만히

손바닥을 내밀 거야 기한 지난 책을 몰래 반납하는 저
소녀의 발걸음처럼 수줍게, 뼈를 발라내는 동안 차갑게
식어 가던 네 흰 쌀밥보다는 투명한 얼굴로
　미치도록 고등어가 먹고 싶은 날이야 네 몸무게보다
무거운 책 등에 메고 덜컥 내 방문을 열던 날, 내 입속
까지 비릿함으로 환해지던 날, 문을 열고도 춥지 않았으
면, 경고장 없이도 불쑥 내 안으로 들어와 줬으면

　왜 슬픔은 먹어도 먹어도 허기지는가

　삼키는 대로 자꾸만 입을 벌리는 무인반납기

도넛 이론

우회전한 내가 사는 세계가
좌회전한 당신이 사는 세계를
· 몰래 뒤쫓고 있습니다

당신이 나를 향해 항해한다고 해도
막다른 골목을 만나거나
끄트머리에서 떨어지는 일은
없을 것입니다

나는 끝없이 당신을 끌어당기지만
태어나기 전에 죽고
밤을 지새울수록 어려지는 날들이 지나도
우리가 서로에게 멀어지고 있다는 것은 모를 거예요

물론 뻥 뚫려 출렁거리는 기억의 바다를
가로지른다면 당신을 따라잡을 수도 있겠지요
달콤하고 뜨거운 비명을 지르며
돌아보는 당신을 한입 가득 깨물어 볼 수 있을지도

하지만 나를 탈출하려는 당신의 속도와
당신에게 들어가려는 나의 발걸음은 알지도 몰라요
우뚝 선 당신의 그림자와 앉은뱅이 나의 그림자는
결코 겹쳐질 수 없을 거예요

먼 행성의 공전이 우리를 기쁘게 할 수는 있지만
우리의 공전이 먼 행성을 춤추게 할 수는 없듯이

개기일식

오래전 소나기 가득 안고 뛰어오는 먹구름처럼 마음 잔뜩 젖은 채 발가벗은 몸으로 내 심장에 와락 뛰어든 너, 너라는 너의 붉은 뺨, 그때의 문장이 이 칠흑 같은 하늘에 두둥실 박혔어 그리움은 타인의 이불 위로 자신의 몸을 살포시 눕혀 보는 것일지 몰라 한 생애를 달려와 마침내 태양을 삼킨 저 달처럼, 가쁜 숨 내쉴 틈 없이 작열하는 태초의 시간 앞에서 사지를 펼치고 누워 있는 절름발이 연인, 내 몸 온전히 찢어 덮어도 품을 수 없는 하루를 세어 보는 저녁, 난 오늘 당신의 이마에 이마를 맞대고 한동안 깨지 않을 합집합을 꿈꾼다

너를 믿어 본다는 것

너를 믿어 본다는 것이
이렇게 멀리 와 버렸다
거리의 간판들이 죄다 쏟아지고
흩날리는 글자들이 서로의 몸을 더듬는 아침
나는 고개를 돌리는 것만으로
너를 용서할 수는 없다고 생각한다
내가 거둔 손이
누군가의 발끝만큼 부끄러워질 때
네가 딛고 서 있는 행성의 자전축도
몇 도쯤은 기울었으리라
문턱은 낮아지고 열매는
부풀었으리라
그래도 몇 문장만으로
너를 잡아 둘 수는 없다고 생각한다

어쩌면 꽃잎은 지기를 포기했는지 모른다
증오는 옷깃에서 옷깃으로
쉬지 않고 번지고

우린 얼굴 빠진 초상화처럼
한없이 무기력해졌지
하루는 시들해진 화분 속에서
당신이 버리고 간
습기를 들이마셨다
너무 단단해서 보기만 해도
깨져 버릴 것 같은 것들
슬퍼도 울지 못하는 것들이
그 안에서 소리도 없이
무럭무럭 자라고 있었다

당신이 멀다

그 어느 나라 사막에서는
햇빛에 녹아 버린 눈동자들이
밤마다 조금씩 멀어 버린 몸들이
입술을 잃어버린 이야기들이
조금씩 모여 오아시스가 된다
때론 마음보다 몸이 더 서러워서
눈이 멀어 버리고
마음이 멀어 버리고
불현듯 몸마저 멀어 버린다고
그래서 멀다라는 말엔
홀연히 사라진 당신만큼
큰 웅덩이 하나가 패어 있다
이 생애 누군가 말해 주지 않는다면
다음 생의 하루를 미리 빌려 와
당신 머리맡에 두고 가겠다고
내 몸이 먼저 멀어
당신이 아득해질 때
그때 당신은 기어코 멀어지라고

눈도 멀고 발도 멀어
이생에 다시는
돌아오지 못하라고

불면

쏟아진다
비,
통곡을 하듯
퍼붓는다
난 눈 뜨고도 천년의 악몽을 꾸고
일어나라 깨어나라
온갖 세포들을 건드리며 퍼져 나가는 집시의 노래
나는 내 속의 묽은 그림자를 본다
그 그림자가 척추를 곧추세우고
내 전생의 음률을 듣는 것을 본다
자주 몸이 시렸다
내 몸이 구멍인 듯 바람이 넘나들었다
문득 제 이름을 모른 채 평생을 살아가다
가장 사랑하는 이의 어금니를 입에 물고 죽는다는
머나먼 마을의 전설을 떠올린다
천천히 어금니들을 하나둘씩 핥아 본다
내 이름은 무엇인가
이것들은 다 무엇인가

구름은 누구의 이름을 부르짖는가
입천장이 다 헤지도록
알고 싶은
당신은 누구인가

미발화(發話)시점

　당신 볼에 팬 주름에 누워 하루쯤은 울어 봐도 좋을
거라 생각했지요 어쩌면 가만히 그대의 배를 문지르는
것만으로도 고개 숙인 목덜미에 귀를 대 보는 것만으로
도 세상의 수많은 무의미가 우리의 의미의 고등선이 되
어 줄 거라 믿었지요 술을 마시면 자주 말을 더듬던 당
신에게도 잊히지 않는 맑고 말랑한 구름과 제 울음을 듣
지 못하는 호수와 가만히 흐르는 이름 없는 섬 하나가
있다는 것을 안 것은 그보다 한참 뒤였지만 죄책감 없이
귤을 까먹고 노랗게 물든 손바닥을 보여 주며 활짝 웃는
당신 앞에서 차마 그 지도의 행방을 물을 순 없었지요

수취인불명

잠들어도 될까요
둘러싼 장막이 모두 걷히기 전까지만
당신은 아름답고
잔디는 허리를 꺾어 바람을 맞죠
절름발이 소문은 곧잘 벽을 타고
건조한 내 몸을 헤집고 지나가요 마른 수건을 짜듯,
제 손에 든 이 가방으로
당신을 담을 순 없겠지만 저기
오지 않을 축제를 기다리며
사방을 뛰어다니는 이국의 여인들을 봐요
발자국 좇아 당신 심장을 겨눈 적도 있었죠, 하지만
허물 벗은 뱀이 제 젖가슴 위로 똬리를 틀 때
난 아름다운 당신을 수혈 받고 싶어져요
길들이 제 몸을 접어 산을 넘어가는 날엔
먼 나라 사람들은 나무 수액을 마시고 밤새
서로의 흉터를 핥아 준다지요
닳은 입술은 방금 한 말을 기억하지 못하지만
뚝뚝 떨어지는 이파리들을 주워

당신의 엉킨 머리카락 위에 붙여 줄 순 있어요
귀밑으로 뚝뚝 떨어지는
붉은 선혈들로 설명할 수 없을걸요
바람이 건넨 검은 손목으로도 이해할 수 없어요
당신은 너무나 아름답고, 계절은 돌아오지 않아요
혈관 깊숙이 박혀 있던 낡은 지문들이
일제히 고개를 들어 나를
농담처럼 쳐다보고 있어요

인정

―L에게

당신이 떨어뜨리고 간 날숨 때문일까 오른쪽 가슴 위
붉게 야생화 몇 송이 피었다. 길고 가는 꽃잎 한껏 내 두
가슴 끌어안고 시큼한 향기가 기억 가장 은밀한 곳까지
퍼질 때 나는 피어나지 활짝, 이유 없이 춤을 추는 야생
화처럼. 뿌리는 무성히 발끝까지 자라 싱싱하고 온갖 길
잃은 바람들이 몸을 뒤틀며 감정을 유린하는 새벽,

어쩌면 우리는 부화 직전의 알, 알 속에서 하나둘씩
세던 목마름, 그 깨질 것 같은 기다림이 무서웠지. 향기
가 진해질수록 미운 당신은 무성해지고 당신이 무성해질
수록 내 두 발과 두 귀는 정처 없이 아득해졌지. 당신은
여전히 추악하지만 눈을 감아도 아름답다. 이토록 잔인
하다. 슬픔이 겨울보다 차가워져 녹지 않던 하루, 하지만
난 어둠보다 더 어두운 것이 내 안에 있음을 보았지. 손
끝 사이로 위태로운 비로소 시들해진 이파리 하나. 당신
의 등마냥 쓰다듬으며 한참을 쓸쓸했었다.

물고기자리

당신이 내놓고 간 창문에 벌써 며칠째 별들이 머물다 갑니다. 뛰다 누웠다 자리를 바꾸다 빛 몇 개를 지워 버리기도 하면서, 그대 눈 한 번 깜박일 때마다 밤은 전생의 기억마저 잃어버리고 무게를 버린 어둠이 창문 곳곳에 우물로 패어 가라앉아요. 차마 발화되지 못한 이별이 내 안으로 넘쳐흐를 때 굽이쳐 들어오는 그대라는 물, 그 시차의 사랑, 나는 다리가 허물어지는지도 모르고 한참을 울었습니다.

알래스카의 밤

우리는 고목나무처럼 나란히 누워
서로의 마른 살갗을 가만히
매만져 주곤 했었다 마치,
이것 말고는 기억나는 일이 없다는 듯이
마땅히 해야 할 일이 떠오르지 않는다는 듯이
서로의 손끝에서 툭툭 떨어지는 살갗을 바라보며
낄낄대며 웃었다

들러붙은 웃음들로 벽지가 눅눅해졌다
마주한 어깨가 쉼 없이 녹아내렸다
자주 너는 등을 한껏 웅크린 채
아무리 불을 끄고 눈을 감아도
쉽사리 어두워지지 않는 밤에 대해 중얼거렸다
그럴 때면 가 본 적 없는 알래스카의 자정을 떠올린다
했었지

그곳에선, 한 번 감았다 뜨는 별들의 눈동자만으로도
이생의 기억이 제 온도를 찾아 퍼덕이고

눈이 쌓이는 소리를 조용히 배웅하는 마음만으로도
일생을 살아갈 수 있다고 말했었지
매일 알래스카를 떠났다 돌아오는 네 발걸음이
내 심장 위를 도장 찍듯 새기던 날들,

하루는 네가 떠나 버리고
저물지 않는 너의 밤에
커튼을 치러 들렀을 때 보았다

네 상처의 낱장이
둥둥 떠다니는 큰 물방울이 되어
침대를 적시고
바닥을 채우고
지구 정반대편의,
어쩌면 애초부터 나에겐
단 한 번도 주어지지 않았을지 모르는
너의 세계를 한없이 적시고 있는 모습을
젖을 대로 젖어 축 늘어진 감정의 테이프가

일생을 거쳐 말라 가는 모습을

2부

자라나는 소년들

티베트를 떠나기로 한 날
어머니는 새벽이 되도록
야크 가죽으로 단단한 옷을 지었다
불도 밝히지 않고
얼굴도 쳐다보지 않고
애초부터
본 적 없었던 사람처럼 무심하게
주머니를 만들고 천을 이어 붙였다

네가 올 때마다 지구 반대편에선
사과잎 하나가 싹을 틔울 거다
북두칠성만 믿고 따라가라

해진 소매를 걷고 어머니는
생각난 듯 어깨를 문질렀다 마치
오래된 거울을 닦아 내듯
당신 왼쪽 어깨 선명한 일곱 개 나침반

바람은 내 코끝에서만 일렁이고
어머니는 서둘러 말린 빵과
고기 한 점을 쥐여 주셨다

네가 넘는 것은 히말라야가 아니다

오른쪽 주머니 속 감기약 스무 알

잊지 마 안나푸르나에서 만나는 거야

히말라야강을 건널 땐 옷을 다 벗어야 해요 젖어 밤
이 오면 얼어 죽을지 모르니까 눈코입이 사라지는 고향
친구들을 여럿 봤어요 제 발밑 어딘가엔 티베트 찾아 티
베트 떠난 형들이 있겠지요 자주 목마 태워 주던 아버지
기침 소리도 들려요 사방은 이렇게 아름다운데 어디서
자꾸만 집들이 무너져요 어떤 이름들이 제 몸을 찢어 여
태 꽃을 피우고 있을까요 공식을 모르고 걸어가는 절름
발이 우리들, 돌아올 수 없는 사람을 바람이라 부릅니다

하늘엔 쉴 새 없이 흰 음표가 떠다니고
너는 나의 날실을
나는 너의 날실을
반주 없이 연주하는 밤
말린 빵에 눈을 적셔 먹는 밤
본 적 없는 쌍둥이 가슴에 볼을 비비는 밤

시야는 흩어지고
발걸음은 녹아내리고
떠나온 길에서 한 생애를 키우는
쑥쑥 자라나는 소년들

자라나는 소년들 2
−모르는 사람

멀리서 양 떼 몰려오는 소리
위로는 쌓이지 않는 눈
뒤로만 부는 바람
늦지 않게 돌아올게
외지 사람 따라 떠난 아버지
동생 수술비로
한쪽 다리를
히말라야 신전에 바치고
돌아오던 날

일찍 철들어 바닥만 보고 걷는 나는
세르파˚ 세르파
모르는 사람을 따라
아버지 다리를 찾아
이국에서 건너온 그들을 이끌고
높은 산맥 속으로 깊숙이

풀은 우리보다 빨리 자라고

웃음은 자작나무보다 빨리 떨어져요
앞서 걷던 친구들이 보이질 않네요
발밑은 자꾸만 푹푹 꺼지고
날숨은 자꾸만 훅훅 커지고

낯선 이방의 말로
서툰 표정으로
어색한 몸짓으로
일 년의 생활비를
약속하는 당신은
모르는 사람

무심코 지나치는 설원의 골짜기
굴러떨어지는 눈덩이 속에
기억나지 않는 할아버지
목숨 헤엄치고 있다는 걸
모르는 사람

앞을 볼 수 없는 동생
밤마다 품고 자는
시집 한 권 있다는 걸
모르는 사람

제 키만 한 배낭을 메고
흐르지도 않는 내 눈물 속으로 자꾸만 걸어가는

본 적 없는 사람

* 히말라야 등반 안내인.

자라나는 소년들 3

—이방의 목소리

물 주지 않아도 제 몸 흐드러지며 피어나는 안개꽃처럼, 눈을 감으면 들립니다 달려옵니다, 뛰어옵니다 살기위해 제 자식 이방의 나라로 떠나보내던 어머니, 손등을문지르며 되뇌시던 머나먼 모국의 말, 스치듯 이마 위로비치던 햇살, 까맣게 늘어지던 연탄의 머리카락

도시의 밤은 모국의 동공보다 까맣고 집은 자주 설 곳을 잃은 채 휘청입니다 묻지 않아도 입 벌리며 오는 낯선이들의 아침, 누구나 웃으며 저녁을 맞지만 돌아가는 길은 쉽게 떠오르지 않아요 엄마와 같은 립스틱을 바르는금발의 여자와 아침을 먹고 털이 많은 남자와 잔디를 깎고 누구든 쉽게 안부를 묻지만 대답 대신 침만 꿀꺽꿀꺽삼키는 나는

파란 눈을 헤엄치는 흑발의 귀머거리
십 년 전 잡았던 손을
놓지 않은 채
들은 적 없는 이방의 단어만을

꼭꼭 씹어 삼키는 다섯 살 키 작은 외눈박이

어머니, 안겨 본 적 없는 가슴

할머니, 누워 본 적 없는 무릎

동생, 잡아 본 적 없는 두 손

어미 찾아 떠났던 기차 데굴데굴 굴러떨어진대도
대문 앞 주소가 뒷걸음치며 희미해진대도
금발의 여자는 모를 거예요
옆집 아이의 인형으로 개집을 짓고
뒷집 아이의 옷으로 목을 졸라도
처음 만난 그날처럼 웃고 웃기만 하는 당신은
식탁 위에 쓰러지지 않게 약봉지만 쌓아 올리는 당신은

그 시절로 돌아가 누군가를 죽인다 해도
지금과 달라지는 것은 없을 거야

내가 만들어도 이것보단 나았을 거다

한 달째 비가 온다
뉴욕은 분주하고
샌드위치는 시큼하고
돌아보지 않아도 바람은 불고
서둘러 돌아다니는 차들 사이로
소년들은 유유히 떠다니고
서랍 속 신경안정제는 혼자 쑥쑥 커 가고 있고

네이멍구, 기록수첩

바람이 긁고 간 무늬를 쫓아 이곳까지 왔다
멀리서 유목민의 밥 짓는 연기, 말 몰아세우는 입김들이
층층이 겹을 쌓아 그대들 집 만드는 곳
집시의 눈 깜박임에 날은 저물고
횃불의 행로를 따라 풀이 드러눕는다

내일은 돌아올까요

튀밥 튀어 오르듯 자주 별똥별이 떨어져 내려
그대들 눈 속에 박혔을까
모닥불 사이로 던지는 한 주먹의 잿밥도 시린지
종종 눈물이 맺혔다 쿵
떨어졌다

짙은 구름이 줄지어 길을 떠나는 날이면
어김없이 열병에 시달렸다
떼 지어 몰려오는 양처럼 반점이 무섭게 돋아나고
백 년간의 가뭄같이 온몸이 쩍쩍 벌어지고 있었다

50

쉴 새 없이 나타났다 사라지는 꿈속에서, 간혹
집시 여인의 곡소리가 귀에 들렸지

이곳은 건너오는 노을마저 땅 밑으로 가라앉히고 있다
모래 짙은 바람이 닿았던 곳마다
수십 개의 멍구파오*가 세워지고 허물어질 것이다
집시 여인의 검은 눈동자에서 밤은 왔다 또 가고
이따금, 돌아오지 않는 그대들을 향해서 피우는 향들이
산 고개를 넘어 곳곳으로 신열처럼 퍼지고 있었다

* 네이멍구인들의 전통적 주거 형태. 텐트식이라 손쉽게 짓고 허물 수 있어 이동
  이 편리하다.

흩어지는 몸, 실크로드

낯선 이들의 숨소리에도 휘청거리는 구름
끊임없이 돌아가는 시계추
절뚝거리는 욕망의 배
이곳은
손 닿는 무엇이든 모두 흩어져 버리는
감정의 폐허다 혹은
돋아나는 경계이거나

지친 눈 감았다 뜨면 펼쳐지는 기록의 길들 이곳은 당
신의 심박 수에 맞춰 모였다 흩어지는 모래의 집, 나루로
속속들이 배들이 정박하고 두건 사이로 비단처럼 땀이
흘렀다 밤은 처음 온 사람처럼 자주 잠을 이루지 못하
고 내일 건네질 것들 이름표를 확인하고 갔지 푸른 눈의
상인들이 줄지어 정박하는 날이면 저마다 보따리 안에
서 무엇인가를 꺼냈다 수중 몇 푼으로는 돌아갈 길 없었
기에.

이방인이라 웃으며 악수를 청하는 상인, 그의

손끝에서 들었네
모래 가득 낀 손톱 밑으로 회오리쳐 오는
이국의 낱말들을

태초의 기억은 도망가듯 사라지고
세상 모든 적막함이 자지러질 듯 떨리고 있었지
뱃전이 무섭게 흔들리던 날
부서진 몸을 부여잡고 천 밤을 울고서야 알았네

기억의 집이 바람에 부딪힐 때마다
선 붉은 피 토해 내는 이유를
자꾸자꾸 깨어난 꿈이 왜
삐걱거리며 먼 곳으로 가려 하는지를

아마존 일기

#1.

시간이 제 목을 밧줄로 묶고
뜨거운 햇살을 따라 흩어진 심장의 그림자를 좇다
아이들은 꽃을 꺾으며 울지 않고
풀을 밟으며 슬퍼하지 않는다
짐승 뼈를 골라 내며 제 창자까지 내던지네
검붉은 먹구름이 훑고 지나간 버짐 같은 자리
그들은 이곳을 아마존이라 부르다

#2.

깊은 언덕에 아비를 심고 골목마다 어미를 묻고 비석도
세우지 않은 채 아들들은 바다를 건너네 횃불을 기다리
는 불면의 밤, 소녀들은 열 달간 참아 왔던 홍역을 앓는
다 가죽을 씹으며 젖가슴을 뜯으며 제 오라비를 탐하지
뼈마디 사이를 흘러가는 유랑의 시간이 별이 되어 떠오
르면 선홍빛 고기 한 점 꽁꽁 묶어 올리는 풍장(風葬),

살들아 살들아 안으로만 안으로만 깊어지는
부드러워 아픈 것들아
가여워 가여워 목 타는 날들이여 멀리, 멀리
멀리로만 흩어지는
울지 말고 날아가라 기대를 저버리는 순간
어른이 되는 거야
살들아 살들아 침 흘리는 치욕들아

#3.

아마존에서는 아무도 죽지 않아
소녀의 배만 불러 올 뿐
아마존에서는 아무도 모자를 쓰지 않지
밀림만 무성해질 뿐
아마존에서는 아무도 꿈꾸지 않네
떠나간 배도 돌아오지 않아
적어도 말야, 아마존에서는 아니

아마도 말야 아마존에서는
너희는 이곳을 아마존이라 불러
우리는 이곳을 아마존이라 말해

낮아지는 골목
—베이징, 후퉁이라 불리는 작은 거리에서

그대가 조율하는 밤은 길었다

옆집 불빛 뒤편으로 툭, 툭, 감이 떨어지고
담벼락 낙서들이 조금씩 흔들렸다
바람이 설친 자리 밑으로 쓸렸다
밀렸다 하는 선율들

후퉁, 골목은 그림자 하나 내어 주지 않고
백발의 그대 퉁기는 얼후° 줄 사이로
작고 큰 파문이 일었다 때론
엄지와 중지 사이로 수십 개의 골목이
고개 내밀다 사라지곤 했지

　흘러온 곳으로 떠나려는가 그가 뱉어 내는 음률들이
줄지어 길을 나선다 땅은 점점 제 몸을 숙여 지도를 만
들고 가끔씩 자지러지듯 가래가 들끓었다 미안하다 그대
우는 줄 몰랐다 그 울음이 길목을 만들어 발걸음을 이
끌었을까, 나는 밤조차 이토록 목이 멘다

바람도 숨을 멈추고 듣는 음악이 있었다

길 잃고 잔뜩 매달린 홍등만 보고 온 날이면
열흘간의 꿈을 꾸었다 마치
뱃길 나선 듯 발끝이 저리고 손마디가 시렸다
꿈에서 종종 담벼락 부서지는 소리가 들렸고
그가 앉았던 자리 향해 골목이 서서히 낮아지고 있었다

* 두 개의 현으로 낮은 음을 내는 중국의 전통 악기.

금(禁)성

　머리를 한 갈래로 길게 땋은 소녀가 우주 반대편에서
자전하고 있는 행성 하나를 상상한다 본 적도 들어 본
적도 없는 떠돌이별 하나를 금성이라 이름 짓기로 하고
서, 그곳에선 푸른 바다를 끼고 붉은 사랑을 흘려보내며
매일 같은 숙제를 풀며 살아간다지 먼 나라 별 지구의
이복동생쯤 될까 아버지

　어릴 적 밤하늘 멍하니 쳐다보다 언뜻 밝았다 사라지
는 별들을 하나하나 짚어 가다 정신 나간 사람처럼 히히
거리다 홀연히 자취를 감췄지 아버지가 모래 위에 써 놓
고 사라진 이 글자, 그 별의 태명일지도 모른다 중얼거리
며 소녀

　검지로 톡톡 건드려 본다 금성, 禁성

어떤 불시착

머리보다 큰 배를 안고
지하철 안을 성큼성큼
걸어 들어오는 여자가 있다
뒤뚱뒤뚱 걷는 뒷모습 사이로
세상이 흔들렸다 갸우뚱거렸고
둥그런 배 머리를 어루만지는 손이
미세하게 떨렸다

오늘 같은 겨울은 오지 않을 거야
같은 오늘도 다신 없을 거야
봄이 오면 내 손등 위로
온갖 풀들이 자라날 거야
너는 그 풀을 뜯어 먹고 무럭무럭 자라나
누구도 만들지 않은 행성으로 돌아가

여자가 품은 것은 가속도 붙은 우주다

그녀가 태어나 이곳에 불시착하기 전까지

여자가 차곡차곡 쌓아 왔던 한 생애다
발걸음 소리 웃음소리 젓가락이 부딪히는 소리까지도
기억하고 있는
가장 여리고 가벼운 것들만이 잠자고 있는
순정한 무덤의 표지판

여자는 자신이 떨어졌던 낯선 별의 속도로 울고 있다
최대한 웅크려 심장에 배를 대고
어떤 기록도 거부하며 추락하고 있다
굴러가는 볼링공처럼
뒹굴뒹굴 두 생애가 서로를 위로하고 있다

화성으로부터, 여자

화분을 샀다 물을 주지도 않을 거면서
이파리 끝에서 자라는 이야기들을
들어 주지도 않을 거면서
시퍼렇게 커 가고 있는 한 생애를
덜컥 집으로 데리고 왔다
마치 어릴 적 당신이 불현듯 나를 등에 업고
이곳으로 도망친 날을 떠올리듯

나는 화성을 떠나온 마지막 여자
보이는 것은 모두 태워 버리는 불의 입맞춤
움직이는 것은 죄다 삼켜 버리는 마그마의 행렬을 피해
달아난 매리너스* 계곡의 화신

모래바람이 제 몸을 휘감아 올리며 대지를 덮고
태양의 먼지마저 절벽을 따라 추락해 버린 날
무작정 이곳을 침범한 초대받지 못한 생

이곳은 바람이 불지 않아도

타인의 삶을 엿들을 수 있다
누가 가르쳐 주지 않아도
똑같은 찬송가를 외워 부른다
자신의 좌회전에는 관심 있지만
모든 은하가 지구에게서 멀어지고 있다는 것은 모른다

내가 태어나고 자란 그곳이
한때 지구처럼 지긋한 홍수가 있었다는 것도
사계절의 위로를 받으며 살아간다는 것도
포보스**의 서툰 기억에 관해서도 모른다

당신이 그려 주고 떠난 지도를 보고 있다
올림포스 화산에 숨어든 젖은 발자국들을 기억하며

며칠째 화분에 물을 주지 않고 있다

지구의 기억을 물려주지 않을 것이다,

패스포트

손이 예쁜 남자를 사랑하기로 한다
한 번도 본 적 없고
만져 본 적 없는
매끈한 손등과
백 년간의 홍수와, 두 번째로
못생긴 별에서의
불시착에 대해 이야기하기로 한다
나의 여름이 비틀거리며
사막을 횡단해 걸어오는 동안에도
집어삼킨 이야기들이 문드러져
손끝에서 뚝뚝 떨어지는 순간에도
이곳의 아침은 나를 이해할 수 없었다
고 기록하기로 한다

이 별의 여자는 곧잘 싱그러움을 질투한다
잘 익은 사과를 씹어 먹으며
살이 오를 대로 오른 신생아의
토실토실한 엉덩이를 떠올리고

구두 위로 불거져 나온 복숭아뼈가
제 가슴을 어루만지는 상상을 한다

이곳은 누구도 죽지 않고
어디도 어두워지지 않는
사악한 화성의 누이

미소가 예쁜 여자아이는 곧잘 입이 찢어지고
종종 숨겨 놓은 일기를 파묻는다
누구와도 악수하지 않고
쉽게 손을 보여 주지도 않는다
나의 겨울이 이곳의 하루를 알고 싶지 않은 것처럼

죽은 여자들이 줄지어 행렬하고
나무가 스스로 나이테를 지워 나가는 밤
쏟아 내린 눈물로도 이해할 수 없는 악몽이 지속될 때
비로소 나는 행성으로 돌아갈 채비를 할 것이다
처음 이곳을 밟았던 기억을 떠올리며

서서히 발을 지우기 시작할 것이다
가던 목적지를 잊고
들고 있던 장바구니도 놓은 채
화성의 누이에게
최초의 악수를 건넬 것이다

송곳으로 손금을 파내는 습관이 있다
문지를수록 또렷해지는 기억이
다시 그곳으로 돌아가게 해 줄
패스포트라 믿고 있다

3부

낙엽을 버티는 힘

가랑비 몇 방울에도 못 이기는 척
떨어지는 잎사귀가 있다
잎맥 끝자락부터 몸을 뉘어 놓는, 허나
누군가의 어깨 위로 제 몸을 던지는 것이 아니라
낙엽과 낙엽 사이 그 허공의 힘으로 눕는다

평생, 서로의 등짝만 보고 살아간다는 일

밤이 되면 우리는 누군가를 견뎌야 한다 아래층 여자
는 나의 등을 나는 윗집 남자의 등을, 밀어야 한다 그
등짝에서 박차고 나왔던 식탁이 보이고 뺨 위로 스친 손
바닥이 보이고 내지 못한 이력서들로 가득 찬 책상이 보
이지 누군가 이 천장을 밀고 우리의 등짝을 받치고 있다
는 것, 한 평 남짓한 방이 밀어 주는 힘으로 쌓여 가는
우리들, 허공들

몇 가지 음식 나누어 주러 들른 옆집 벽 뒤로
낙엽들이 조금씩, 들썩이고 있다

어떤 사내가 밟아 깨우기 전까지 그들은
제 뒤를 못 본 채 꿈을 꿀 것이다

매일 누군가의 등짝을 밀면서도
우리가 조금씩 앞으로 나아가는 이유를 몰랐던 것처럼

창고大개방

1.

선전물이 붙는다 오늘 하루뿐이라는 창고대개방
준비 없는 행인의 주머니를 들썩이게 만든다 간혹
마음 급한 지폐들이 앞사람 발뒤꿈치를 따라가고
몇몇은 아예 선전물처럼 벽에 붙어 버린다
철 지난 윗도리, 떨어진 단추, 올 풀린 스웨터, 뜯어진
주머니까지
다들 제 몸에 상처 하나씩 지닌 것들이다
습기 찬 창고에서 울먹이는 소리는 여간해선 지상으로
들리지 않는 법

2.

조금은 잦은 듯한 창고개방이 우리 집에도 열린다
일 년에 다섯 번 혹은 예닐곱으로 늘어나기도 하는 그
날엔
아버지 몸에서 하나둘씩 튀어나오는 물건들을 받아

내느라 힘들다

하지만 나는
집 안 여기저기서 날아오는 냄비며 플라스틱 용기들이
온몸으로 떨고 있는 것을 보았다
때론 다리에 멍울을 남기고
깨진 도자기에 발을 베게 만들지만
아버지의 창고 그곳에서 누구도 딸 수 없었던
창고의 자물쇠가 서서히 부서지고
서로 쓰다듬을 수 없어 곪아 버린 상처들이
밤이면 울렁거리는 속을 부여잡고
제 심장 소리에도 아파하고 있을 것이다

3.

아직,
연고 한번 바르지 못한 상처들로 창고가 북적거린다
창고의 문을 열어 두는 이유는
더는 그것들을 보관할 수 없어서가 아니다

서로 다리 한쪽씩 걸치고 있는
우리들의 절름발이 상처를 들여다보는 것이다
몇 번의 딱지가 생기고 떨어졌어도
한번 베인 자리는 쳐다보기만 해도 울컥하는 법이지
그래서 창고개방하는 날
거리에는 저마다의 창고에서 빠져나온
우리들이, 눈송이처럼 바닥을 치며 쌓여 가고 있었다

부드러운 통로

벌레 먹은 사과에도 힘줄은 있다 제 살에 짓무르고 벌
레의 습격을 받은 것들이라도 끝내 지키고 싶은 것은 있
는 법, 수분을 뺏기지 않으려 세포 하나하나마다 팽팽한
긴장의 실선들, 버려진 구역조차 허용하지 않는다 한 입
베어 문 곳에 찢어진 힘줄을 본다 동의 없는 방문은 항상
입가에 끈적거리는 진물만 배어 나오게 했었지 한 번도

강제로 살을 파고든 적 없었다
벌레는 살갗이 무르고 터질 때까지
시간의 뒤만 쫓을 뿐

벌레의 통로는 부드러웠다
몸뚱이가 스쳐 간 곳은 모두 상처였으나
아프지 않았다
그 누구의 방이든 제 몸 집어넣는 것이
나오기보다 어렵다는 걸,
뱃가죽 몇 번 찢기고서야 알았다

사과는 시간이 지나면 몸 여기저기에 멍이 든다 서서
히 열리는 부드러운 통로들, 힘줄을 사뿐히 넘고 통로의
밑바닥을 삭삭 긁으며 전진하는 벌레들, 부드러운 흔적
들이 달콤하다

이등분을 위하여

1.

젓가락은 본래 평등했다 평등한 것은 잘 쓰러지지 않는다 하지만 식탁 모서리에 굵은 부분을 탁- 하고 치는 순간, 젓가락은 고르지 못한 모습으로 많이 가진 것과 그렇지 못한 것이 된다 평등하지 않은 것은 종종 고기를 집지 못하기도 하고 면발을 놓치기도 한다

2.

전봇대 앞에서 유난히 자주 삐걱대는 나의 두 다리는 누가 쪼개었는가 왼쪽과 오른쪽 어느 심장이 더 무겁길래 마음의 불평등은 종종 붙잡아야 할 것을 뒤따르지 못하게 하고 손을 내밀어야 할 때 고개를 갸우뚱거리게 만든다 언제부터 무엇인가를 내뱉고 싶어졌을 때 가슴 한가운데를 탁- 하고 치지 않고서는 내 답답함의 무게는 한쪽으로 쏠려 먼지처럼 내려앉아 버렸다 문장이 되지 못한 나는 二等分이 되지 못한 내 두 다리를 이끌고

삐걱거린다 나는 내리치는 전봇대 옆을 미끄러지는 면발
처럼 빠져나온다 삐걱- 삐걱- 다시 나를 세게 내리쳐
줄 사람을 위해, 二等分을 위하여

포도알 기록서

포도알이, 세상에, 딱딱하다
삼 일밖에 되지 않았는데
포도를 냉장고에 넣어 둔다는 게 기억까지 넣어 버렸나
잘못 삼킨 음식물처럼 그렇게 꿀꺽
며칠을 잊고 살았다
성질 급한 두 놈은 흰 버짐을 피운 채 제 몸을 단단히
겨누고 있었다
쟁반에 담겨 온 포도의 시큼한 시위,
수분을 버리고 안으로, 안으로
숨으려 더 단단해진 포도알
때론 제 몸뚱아리 하나가
견딜 수 없을 만큼 버거울 때 있다
그래서 제 살을 발라내고 저토록 앙다물게 되었을까
내가 보낸 주파수는 항상 높거나 낮아
돌아오지 않는 문장들이 자꾸
태초에 품었던 이 포도씨 같은 자리를
헤집고 넘보곤 했었지
밤이 될수록 쪼그라들고 딱딱해져 가는 쪽방에서

무섭다, 무섭다 창문으로 들어오는 바람도 막고
행인들의 구두 굽 소리 웃음소리, 그림자
그 수신 불가의 음성들이
마구 껍질을 벗기던 날이 있었다
하나둘씩 떼어 먹다 보니 두 알만 남았는데
저 딱딱하게 굳어 버린 포도알처럼
내가 끝내 쥐고 있었던 것은 무엇이었을까
포도씨를 뱉지 않고 삼키는 습관을 가지고 있다
누구 하나 꺼내 주지 않는 냉장고 같은 어둠에서
쪼그라든 손이며 발이며 온몸
뒤척인 적 있다

오징어 살인 사건
—메트로 PC방

쟁반 위 마른오징어가
살갗을 그을린 채 죽어 있다
다리 하나 찢어 씹을 때마다
오징어의 한 시절을 떠올린다 너는
한때, 넥타이를 매고 건물 사이사이를
신나게 헤엄쳤을 것이다
매회 진급 사원 후보 명단에 네 이름이 기록되었고
아직 정곡리 입구에는 반쯤 색 바랜 플래카드가
입사의 영광을 펄럭이는데, 이제 도망갈 수도 없는 몸
마요네즈 없이는 차갑게 버려질 제 육체를
부끄러움도 잊은 채 내보이고 있다

오전에 발견된 김씨는 제법 잘 구워진 오징어였다 삼
일간, 미동 없이 마우스로 적을 죽이던 김씨가 손발이
오그라든 채 노릇노릇하다 모니터의 요리 솜씨는 역시
대단했다 오징어를 먹을 땐 누구도 말이 없다 김씨 위에
하얀 천을 입히고 사람들은 조용히 PC방 문밖으로 그를
옮겼다

다음 날에도 도시로 올라온 오징어들이 길을 타고 흘러온다 한 탁자에 한 마리씩 눕힌 채 모니터의 소문 없는 요리가 시작될 것이다 개중 미처 적지 못한 유서가 그들의 가죽과 함께 씹힐 것이고 불 위에서 여덟 개의 다리는 제 아픔을 애써 가렸을지도 모를 일이다

이곳에선, 말리고 구워 삶 일이면 충분한 마른안주가 주문 없이도 종종 만들어진다

보도블록, 미완성 3악장

뻗은 길
무심히 걷다
보도블록 한 조각 없어진 줄 모르고
한쪽 다리로 허공 속에서 바동거린 적 있다
목구멍까지 올라왔다 내려가는 억 하는 소리
그해 겨울이 이런 것이었을까

우리는 서둘러 떠난 길처럼 자꾸 뒤를 돌아보고
허옇게 일어난 벽지가 몸에 부딪혀 바스락거릴 때면
벌어진 벽 틈 사이로
옆집 여자, 한 움큼씩 머리 빠지는 소리가 들렸다
이 벽 틈에 싹이 나면 괜찮아질 거다
하나둘씩 벽지 속으로 숨는 가장들

가끔은 발아하지 못하는 종자도 있어요

동생은 곧잘 뒷주머니에 뭔가를 숨기고 들어왔다
반질거리는 뒤통수 사이에도 틈이 있었다

이 빠진 보도블록 같은 책가방, 종종
그 안에 아버지를 구겨 넣는 상상을 했지

그 많던 조각난 일기장은
다 어디로 갔을까
어디로 사라져
누구 생의 한 조각으로 살아가고 있을까

너와 내가 걷는 이 보도블록, 그 위로
많은 어깨들이 부딪히고 떠났다
서로의 틈새를 메워 가는 일
이 겨울
안방과 건넛방 사이의 거리가 서서히 좁아지고 있다

허바허바 사진관의 이력

강남역 1번 출구 바로 앞
허-바 허-바 하는 순간들이 입을 벌린 채
흐른 시간들, 그 틈 사이에서 허우적거리고 있는
명확한 컬러의 자신감, 허바허바 사진관이 있다

허술한 필름이든, 바르게 나온 필름이든 이곳에 맡겨
진 것들은 철저히 사각의 틀 속에 갇힌다 셔터를 누르는
순간, 움직이지 못하게 된 그들이라도 심장은 뛰고 있었
을진대 무심히 걷고 있었던 사람의 손바닥도 이제 막 펼
준비를 하고 있었을지도 모른다 허나 이곳은 축하를 전
하려던 사람의 떨리던 동공까지 포획하여 햇빛에 널어 말
리고 있는 중이다

제 속을 들어낸 것만이 보존될 수 있다 몸속의 수분은
모두 말라 버린 지 오래, 그들의 내부는 현상(現像)과 함
께 버려졌을 것이고 언젠가 박제된 기억이 십 년 가까이
만세를 부르는 저 사내의 어깨를 조금씩 무너뜨릴 것이다
개중 내뱉지 못한 말들은 먼지가 되어 쌓일 것이고 공중

에 한쪽 엉덩이를 걸친 여자의 허리만이 위태롭다 사각
을 벗어나 우리가 걸어 다니는 길은 액자 틀처럼 말이 없
고 잘 말려진 기억만이 허바허바 사진관의 문 앞을 장식
하고 있다

그날들

어버이날 동생과 함께 리베라 백화점에
몰래 선물을 사러 갔다
동생 잃어버리고 돌아오던 날 처음 알았다
잘못을 빌 때는 안경을 먼저 벗어야 한다는 걸

그 시절 나는 눕히면 눈 감는 인형
그 시절 나는 날리면 툭 떨어지는 종이비행기

해가 뜨면 아버지는 볼링장으로 출근했다
어머니는 명치를 두드리다 가슴에 패랭이꽃이 피었고
  할머니는 내 머리 위에다 향을 피우고 밤새 불경을 외
웠지

볼링이 그렇게 좋으면
굴러가는 볼링공처럼 다시는 돌아오지 마라
그렇게 말하고 싶었다

밤마다 어딜 나갔다 오노

성한 데가 없는 팔다리를 후려치며
어머니는 나를 질질 병원으로 끌고 갔다

그 시절 나는 팔 없는 거리의 악사
그 시절 나는 입술을 잃어버린 미아

왜 둥근 것들은 죄다 용감했을까
뒤에 숨어 따라왔던 아버지 옛 애인도
수그려 빨래하던 어머니 엉덩이도
볼링공처럼 던져도 자꾸만 되돌아왔을까

훌륭한 사람이 되지 말아야지
가구들이 사라져도 울지 않겠다
무럭무럭 나빠지고 싶던 날들

감기약도 제 캡슐을 벗고 싶을 때 있었을까
나의 여름이 아버지의 겨울을 이기고 싶었던 것처럼

4부

A병동 326호

우리 병실에는 할머니만 다섯이다
순선, 정선, 귀순, 순례, 미자
그중 순례할머니가 최고 어른
반찬만 먹고 밥은 안 먹는 순선할머니
주삿바늘을 무서워하는 귀순할머니
며느리만 오면 아프다 골골거리는 정선할머니
교회 안 가냐고 연신 되묻는 미자할머니는
집 주소를 잊은 지 오래
욱신거리는 허리를 잡고 입성한 나 혼자만
호실 번호를 제대로 알고 있지
A병동 326호
병명은 병동 중에 가장 심각하지만
밤만 되면 세상에서 가장 유쾌한 병실이 되는 곳
하나둘씩 병동 불이 꺼지고 326호의 새벽이 찾아오면
어김없이 시작되는 그녀들의 오케스트라 연주
풀린 나사처럼 헐거워진 입술
구멍 난 풍선처럼 늘어났다 쪼그라드는 두 볼
시동 소리 터프한 콧구멍 엔진이 오케스트라의 유일한

악기지
　쌕쌕거리는 미자할머니의 드럼과
　그렁그렁 순선할머니의 색소폰으로 리듬을 타면
　이어지는 입술 파르르 정선할머니의 베이스 실력
　귀순할머니의 내레이션이 산동네 창문을 흔들고
　순례할머니 경쾌하게 시동을 걸면
　틀니보다 가벼운 꿈으로 떠오르네 326호
　평균 나이는 병동 중에 가장 많지만
　밤이면 우주보다 가벼운 병실이 되는 곳
　주름보다 깊은 저마다의 행성으로
　고요하게 날아가는 곳
　별빛이 정수리와 가까워질수록 오늘이 아련해지지만
　다시 한껏 입을 벌려 달려가네
　그녀들이 매일 눈 감는 그곳
　A병동 326호

허공사용설명서

가만히 또각또각 허공을 씹으면
그 옛날 마술 문처럼
돌돌 말려 있던 세상의 소리들이
딸꾹질처럼 터져 나오지
이 빠진 노인의 헐거운 볼
갓 잇몸을 뚫고 나온 아이의 맑은 어금니
충치 빠진 자리 불쑥 생긴 웅덩이 속에서도
시간은 성큼성큼 자라고 있는 것을 알지
뚜벅뚜벅 절름거리던
아버지 발뒤꿈치 소리
또각또각 몰래 집 나가던 엄마 하이힐소리
헤어지던 날 말없이 탁탁 식탁 두드리던 네 검지 소리
슬픔이 낡아 가는 소리
기억이 벗겨지는 소리
울음이 해지는 소리
죄다 내 볼 속에 있다는 것을 알지
지나간 자리마다 푹푹 구름이 쌓이고
보듬어 줄 수 없는 것들만이 손끝에서 파르르 떨릴 때

느리게 느리게 허공을 씹으면
기분이 좋아지지

천천히 천천히 허공을 부수면

몽유[*]

어쩌면 그날 돌아가는 비행선을 탔어야 했는지 몰라 내 혈관을 파고드는 빛의 춤사위 따라 성큼성큼 걸어간 곳은 헝클어진 숲속, 누군가 바라보듯 직각으로 몸을 꺾어 줄지어 늘어선 나무, 그 사이를 힘겹게 헤집는 바람, 터질 듯 달아오른 붉은 열매 훔쳐 따려다 쭉 찢어져 내 이마에 뚝뚝 수액처럼 떨어지던 그때, 비록 가시덤불 무성했지만 발밑 닿는 곳마다 가쁜 환호성 지르며 와르르 뻗어 나가는 생의 길목을 보았지 떠나온 곳이 아득해 뒤돌아보면 어느새 나는 내 앞에 서 있곤 했었다 장난치지 말고 나와 소리치며 뒤돌아봐도 나는 또 내 앞에 서 있고, 심술 난 나는 뱅글뱅글 제자리를 돌기 시작했지 엄마 몰래 쓴 일기 제목들을 소리 내어 불렀다 은하야 우주야 목성아 금성아 토성아 명왕아 천왕아 해왕아 지구야아 사정없이 박힌 가시, 피가 줄줄 흐르는 다리로 돌아온 나를 보고 할머니는 치마부터 벗었다 가시나 어디를 싸돌다 왔노 신발도 안 신고 한밤중에 이 꼴로 도대체 뭔 짓을 하고 왔노 나는 대답도 못 하고 멍하니 한참을 서 있었지 꼭 묻고 싶은 말이 있었는데 홀라당 벗던

진 속치마로 할머니는 밤이 새도록 내 몸을 닦고 또 닦
았다 근데 할머니,

　그리움이 목을 매면 은하가 될까

* 몽유병.

꽃피는 중환자실

끝내 제 속 한 줌의 허공을 내뱉지 못하고
할머니는 스스로 허공이 되었다
드넓은 하늘로도 받아 낼 수 없는
슬픔 하나쯤 있다는 듯
마지막 날숨 등에 업고
꽃상여 속으로 사라졌다

쌓이는 눈을 이기지 못하고 툭
부러지는 나뭇가지처럼
부음 받고 부산으로 가는 첫차 안
내 몸속 물이란 물은 죄다 쏟아져 나왔다

중환자실에 도착했을 땐
심장 박동기는 멎어 있었고
손발은 퉁퉁 부어 있었지
다만, 이마 위 곱게 핀 버짐 사이에
작은 온기 하나가 맴돌고 있었다

이마에 손을 얹고
할머니- 하고 부르자
눕지 못하고 헤매던 이름들이
일제히 털썩 제자리에 주저앉아 울기 시작했다
가슴 한쪽 모서리를
꽉 쥐고 있던 허공마저 자리를 뜨고
나는 서둘러 어릴 적 할머니가 전해 준
첫 숨을 도로 귓속에 불어넣어 주었다
그러자

천장에서 소금 같은 눈이 내리고
이마에서 몇 송이 꽃이 피었다
떠난 자리
텅텅 비어 버린 버짐 위에서
가지 하나 솟아올라
무성히 자라더니
이내 머리 위로 꽃가루가 쏟아졌다

태어나지도 않았는데
이토록 많은 죽음이 흘러내리다니

당신의 허공과
내 허공이 만나
이토록 흰 벽지가 만들어지다니

눈은 밑도 안 보고 떨어진다
꽃잎은 방향도 없이 흩어지고
길 잃은 외로움마저 곁으로 와
줍기조차 힘든 가시들을 꿀꺽꿀꺽 삼키고 있다
내 몸마저 빈틈없이 채색하고 달아난 당신
한 줌의 생애가
지상에서 가장 아름다운 진술이 되고 있다

가로등

진실로 외로워 본 자들은 알지
어둠이 어둡지 않다는 걸
너무나 밝고 환해서
한 번의 마주침으로도
시력을 잃기도 한다는 걸
나는
제 빛에 눈이 먼 장님별
제 아름다움에 몸마저 사라져 버린 신화
어쩌면 그것들이 하나둘씩 모여 만들어진 거대한 무덤
혹은 시간의 고아
버려진 자들은 알지
버려지지 않기 위해 무엇을 버려야 하는지
왜 자면서도 멀미를 하는지
밤이 내 삶보다 환하다 느껴졌을 때
가로등 불빛 아래 내 그림자와 나란히 누워
홀연히 증발하고 싶었다
같이 늙어 가고 싶었다
한참의 열병

닿을 수 없는 나라
이름 잃어버린 어느 마을 집에 무작정 들어가
하루만 살고 싶었다

아이의 방식

광시*의 아이들은
우산을 펴듯
쉽게 마음을 펴 본다

펼쳐진 마음은 마치
단호한 우산살 같아서
아이들은 자주
내리는 비를 막듯
홀딱 벗은 마음으로
쏟아지는 밤을 안곤 했지

이곳의 빨래는 잘
마르지 않는다 마치
젖어 있는 게 자신의 일인 듯이
태어나서 한 번도
말라 본 적 없었다는 듯이

안을 순 있었지만 차마

밤을 부를 수 없었던 아이들은 대신
종종 본 적 없는 엄마의 젖 냄새를
옥수수알과 함께 땅에 심고
질긴 사탕수수를 곱씹었다

지붕 위로
자음과 모음이
유성처럼 떨어지는 날이면
뱉어 본 적 없는 이름들
떠올려 본 적 없는 낱말들로
왼쪽 명치가 자꾸 간질거렸다

우리는 자라 무엇이 되는가

무엇으로 자라 무엇이 되어 우는가

바람의 목덜미를 낚아채
빈 하루를 기우는 일

부끄러움을 잘게 쪼개어
허기를 채우는 일

기울어지는
시간의 고개를
애써 되돌려 놓는 일

일생을 예고 없이
온몸으로 맞는 일
온 마음으로 막는 일

그렇게 마음으로 살고
마음으로 견디는 일

그것이 그곳의 아이들이 자라
아이가 되는 방식이었다

아이로 자라 아이로 죽는 방식이었다

* 중국에 위치한 광시창족자치구 지역을 이르는 말.

심야버스

심야버스가 달린다
밤이 얼굴을 바꾸며 차례로 쓰러진다
경계를 헤집고 들어오는 네온사인 불빛
곧 죽을 것 같은 빈 얼굴을 하고
사람들은 인사도 없이 털썩 주저앉는다 마치
집 한 채라도 이고 온 것처럼
날숨은 창문 틈 사이 빼곡히 쌓여 가고
우리들은 말없이 제 몸 태워 향을 피운다
어쩌면 너무 자주 집을 비웠다
혹은 누군가가 쏘아 둔 화살 위를 오래 걸은 탓
한 사람씩 버스 위를 오를 때마다
귀 한쪽 잃은 사내 걸음처럼
버스는 휘청거린다
슬쩍 돌아보는 눈길에도
등에선 길 잃은 바람이 뚝뚝 떨어지고
앞사람 어깨에서 넘쳐흐르는 눈물이
바닥부터 천천히 차올라
마침내 누군가를 적시고야 마는 곳

바위를 기어오르는 개미처럼
앞뒤 분간 없이 심야를 돌파하는 우리들은
내일을 잡아먹고 어제를 기다리는 우리들은
방금 죽은 제 영혼으로 향을 피우고
이승을 돌려받는 중이다
쌓이는 눈이 훅훅 밤을 뒤집고 있다
내리는 사람의 유품들로 버스는 조금씩 기울고 있다
출입문 앞 차례차례 벗어 두고 떠난
생의 기억들을 안고
이곳은 더욱 빨리 추락하고 있다
출렁이는 수십 개 눈물이 한 생애를 뚫고
새벽 염하러 가고 있다

귓불

1.

언제부턴가
처음 만난 사람의
귓불을 유심히 보는 습관이 생겼다
생김새를 말하는 것이 아니다
나는 귓불의 기억에 대해 이야기하고 싶다

2.

　자신의 이야기를 귓불에게만 털어놓는 사람이 있다 세
상에서 가장 옅은 숨결로 제 울음을 살며시 다른 생에
포개는 은밀한 의식, 오래전부터 나는 당신을 사랑하게
된 것이 당신의 귓불을 만진 이후였다고 생각해 왔다 한
번도 내뱉지 않았던 태초의 기억이 내 손끝으로 전해진
이후부터,

　어렸을 적 할머니는 자기 전에 꼭 내 귓불을 만져 주

었다 젖을 빨아대는 아기의 입술처럼 만지고 쓰다듬었다
이따금 물기도 했지 동생과 작은방에서 싸우다 잠이 들
면 허락 없이 슥 다가와 귓불을 만지작거리다 알 수 없
는 주문을 외우다 체한 듯 가슴을 두드리다 방문을 잠
그고 돌아와 어깨를 들썩이며 흐느끼기도 했다 새들도
외로워 지들끼리 가슴을 비비고 사는데 어미 없이 만질
젖가슴 없이, 울먹이며 잠이 깨고 귓불이 새빨갛게 부어
오를 때까지 할머니는 엄지손가락으로 도망가려는 기억
을 누르고 누르곤 했지

3.

외로울 땐 귓불을 만진다
제 몸 다 보여 주지 않는
귓바퀴를
아슬아슬하게 매달린 귓불을 만지며
나는 내가 가진 슬픔에 대해서만 묻는다

낮아지기만 하는 천장은
　　　　누구를 죽이려고 하는 것일까

처마 밑으로 우수수 떨어지는
　　　　죽은 개미들은 어디에 묻어야 할까

　할머니가 떠난 뒤 나는 동생의 귓불을 만지기 시작했다 나의 이야기를 꾸역꾸역 눌러 담기 시작했다 뚝뚝 떨어지는 빗방울보다 나의 침몰이 더 빠를 것이라 중얼거리며,

　당신도 고독할 것이다 평생, 타인의 귓불을 만지며 외로울 것이다

오래된 탄생

1.

할머니가 모아 둔
동전을 자주 훔쳤다

잡히는 대로 죄다
주머니에 넣고
오락실 기계로 달려갔다

동전을 넣으면
불 켜진 기계 속에서
기다렸다는 듯 노래가 흘러나왔는데

가사는 없었지만
분명 무엇인가 말하고 있었어
듣고 있으면 나는
딸꾹딸꾹 딸꾹질이 났고

비릿한 냄새가
심장에서부터 조금씩 새어 나왔다

바닥을 걷는 것만으로도
죄스러웠던 날들

2.

남은 동전으로
막대사탕과 과자를 샀다
막대로 땅을 헤집고
과자로 무덤을 만들었다

게임이 끝나도
구덩이는 깊어지지 않고
노래가 끝나도
무덤은 쓰러지지 않고

나는 무덤 앞에서
들어 본 적 없는 자장가를 외워 불렀지

깨어 보니 헤엄을 치고 있었다네
분명 물이라는 것을 본 적이 없는데

이상했다네
눈을 감고 있었지만
무엇인가를 오래
보고 있던 것 같았거든

물속인지 꿈속인지 알 수 없는
환각의 부력 속에서

누가 나를 굴린 것인지
내가 멈추려고 하지 않는 것인지
분간할 수 없을 만큼
어지러웠는데

미처 살려 달라는 말이
입 밖으로 나오진 않았다네
그땐 산다는 것이 뭔지 몰랐으니까

3.

어떤 탄생은
마음을 묻으면서부터
시작된다

묻어 버린 질문들이
가두어진 마음들이
흙보다 더 가벼워질 때
제 무릎을 버리고 어두워질 때

어머니는
집으로 돌아온 나를

벌거벗긴 채
밤새도록 물을 뿌렸다

눈이 녹아내리고
입이 사라질 때까지
팔이 흐려지고
다리가 묽어질 때까지
멈추지 않고 죄를 씻었다

하지만
아무리 젖어도
내 몸은 젖지 않고
아무리 씻어도
내 죄는 씻기지 않고

나를 통과한 물만이
발밑으로 흘러내리고 있었지

어떤 이야기들은
태어나기도 전에 죽는다는데
동공을 잃은 고양이처럼
귀를 잃은 새처럼
사정없이 비틀거린다는데

패배할 줄 알면서도 나가는 전쟁이 아름다울까

내가 뿌린 씨앗이 누구를 죽일 수 있을까

물은 점점 차오르고
몸은 점점 거대해지고
꽉 쥐고 있던 주먹 사이로
빠끔히 고개 내밀다 사라지는
미처 탄생하지 못한 문장 하나,

밤은 자신의 내력을 믿지 않는다

무너지는 진화

1. 걸음마

지상의 모든 하루가 시시해지자 태양은 빛을 거두기 시작했다 어제 쓴 일기장의 잉크가 펜촉을 향해 질주하기 시작했고 깨진 유리잔은 서둘러 제 관절을 끼워 맞추었다 아버지와 어머니가 처음으로 커피를 마셨던 다방에선 벽 무너지는 소리가 들렸다 사람들은 빛의 속도로 먹고 빛의 속도로 웃으며 빛의 속도로 말하기 시작했다 당신의 과거 속 나는 막 주검이 되었지만 내 미래의 당신은 이제 막 어금니로 탯줄을 끊고 있다 대기는 종종걸음 치며 달아났다 태초의 고함이 그러했듯

2. 동면

북극서 불던 바람이 퍼즐 맞추듯 하나둘씩 얼어붙고 있다 아침은 태어나지 않고 어둠만이 걸어 다니는 혹한의 요람, 몇 달 전 사들인 화분 위로 낙엽이 쌓이고 난 며칠째 집 밖을 나가지 못했다 유성처럼 눈앞에 쏟아지

는 전기를 신기해하던 동생은 그 이후로 죽을힘을 다해 팔뚝과 허벅지를 긁고 있다 시각이 차단된 이곳, 경계를 인지할 수 없는 불구의 성전, 나는 손톱으로 문틈에 어설픈 글귀를 새긴다

자신의 피를 맛본 사람만이 어둠을 견딜 수 있다

3. 최초의 포스트잇

우리의 하루는 허수로써 감수분열중이다 오늘 정오를 기점으로 모든 건물이 옷들이 길들이 사라질 것이다 하지만 무서워하거나 조바심 내지 말 것 큰 방에 지루하게 쌓인 각양각색의 돌이 곧게 날 선 화살이 한동안 사냥을 도와줄 것이다 채집과 사냥의 기술은 우리 뼈 속에 고스란히 내재되어 있으므로, 멸종된 동물들이 웃으며 걸어올 때 자비의 시위를 겨눠라 심장과 내장을 동시에 관통할 것

4. 불면증

갓 잡은 사슴의 뿔에서 덜 익은 풀 냄새가 난다 몇 달을 거쳐 우리는 수족(手足)을 잃고 있다 팔은 흔적 없이 상흔 없이 매끈하게 진화했고, 다리는 길쭉한 꼬리가 되었다 철저한 부력의 지배 속에서 우리는 아가미로부터 복종을 배운다 가끔씩 수면 위로 머리를 내밀면 들려오는 티라노사우루스의 가쁜 숨소리, 거친 발걸음, 영원히 먹어도 배부르지 않는 물의 저녁 식사, 누가 감고 있는 것일까 이 지독한 일상의 태엽은

5. 강강술래

당신을 떠올리자 내 안에 당신이 있다 우리는 형체를 버리고 더욱 단단히 조밀하게 구심점으로 모여들고 있다 구역도 없고 거리도 사라진 이곳에선 더 이상 몸을 잡아 놓을 단어가 없다 경계를 수식할 문장이 없다 마치 처음

부터 그랬던 것처럼, 모두가 태어나자 사라진다, 어쩌면
그 속에서 우리는 우연히 선택을 잉태했다 내가 나를,
당신이 당신을, 너가 너를, 우리가 우리를, 수십억 개의
우리가 충돌하고 결합해 만들어 내는 처음의 처음, 시작
의 시작, 이 눈물 나도록 지루한 빅뱅,

  태엽, 풀린다.

영영

    순간을 깨고 날아가는 새가 있다 세운 발톱으로 진행 중이던 모든 사물의 시간을 낚아채고 유유히 허공을 딛고 일어서는 새, 힘껏 뛰어오르고 남은 자리에는 세상 가장 구석진 자리에서 유랑하던 이야기들이 조금씩 흘러 들어와 부락을 짓고 살아간다지 그곳에선 아무도 늙지 않고 누구도 태어나지 않는다네 바람마저도 슬쩍 앉았다 천년만년을 놀고 간다네 떠돌다 지친 단어들이 제 입술에 모르게 모르게 연분홍 루주를 칠하는 밤, 별안간 바위를 깨부수고 뛰어오르는 새 있다 나를 베어 물고 달아나는 당신 있다 영영 떠난 자리 사라진 자리 한 계절이 다 가도록 마르지 않는 하루가 있다.

대기만星

달린다
내딛는 발바닥의 온도가
일억 오천 살 앉은뱅이 행성의 뺨을
철썩 하고 후려칠 때까지

달릴 것이다
죽도록 달릴 것이다

실버 라이닝 포에트리(Silver lining poetry)

허희(문학평론가)

구름은 비의 전생이자 후생이다. 엉겨 붙은 물방울들이 하늘을 부유하는 구름이 되어, 어딘가에서는 그늘을 드리우고, 어딘가에서는 비를 뿌리며, 어딘가에서는 다시 수분을 머금는다. 구름은 요란하지 않다. 비처럼 뭔가에 부딪치는 소리도 안 내고, 누군가를 흠뻑 적셔 흐물흐물하게 만들어 버리지도 않는다. 하지만 구름은 비의 잠재성이자 가능성이다. 비가 내포하는 비의(悲意/秘義)를 구름도 갖는다는 뜻이다. 구름은 슬픔을 표면화하기보다 내재화한다. 마음을 드러내지 않고 자꾸 안으로 삭이면서 구름은 응결하여 점점 커진다. 그래서 구름이 담고 있는 감정들의 서사는 내밀하고 풍부하다.

시인 방수진의 첫 번째 시집이 그렇다는 말이다. 2007년부터 10년 넘게 시를 써 온 그녀의 작품을 이렇게 한 권의

책으로 묶어 놓고 보니 그런 경향성이 더욱 두드러진다. 방수진의 시는 다종다양한 구름의 형태와 색깔처럼 변화해 왔다. 그렇지만 언제나 그것은 위에 적어 둔 구름의 속성을 간직한 채였다. 권운(줄무늬 구름)·권층운(무리를 띤 엷은 층 구름)·권적운(양털 구름)·고층운(잿빛의 층을 이루는 구름)·난층운(어두운 잿빛을 띤 두꺼운 구름)·적란운(큰 탑 모양의 구름) 등 기존의 분류법으로는 포착되지 않는 그녀의 시적 구름을 종합적으로 해명하는 일이 이 글의 목적이다. 세 방향에서 접근하고자 한다. 수직적인 것·수평적인 것·대각선적인 것으로.*

·

첫 번째 방향 : 수직적인 것

방수진의 구름은 똑바로 상승하거나 하강한다. 위아래 운동은 단순하게 보이지만 꼭 그렇지만도 않다. 수직적 이동은 깊이를 창안한다. 그리고 이것은 그녀가 시선만 돌리는 것이 아니라 몸을 같이 움직여서 더 큰 효과를 낸

---

* 이와 같은 범주 구분은 베베른의 혁신적인 음악을 설명하는 작곡가 불레즈의 용어이다. (박영욱, 「피에르 불레즈의 음렬주의에 나타난 음악적 사유의 특성」, 『음악논단』 35집, 2016, pp.184~185 참조) 이 글에서는 수직적인 것·수평적인 것·대각선적인 것이라는 불레즈의 견해를 충실히 이행하기보다는 적극적으로 전유하여 방수진 시를 파악하고자 한다.

다. 방수진이 등단할 때 심사위원들은 그녀의 시가 자폐적이지 않고 독자에게 말을 건네는 뚜렷한 메시지가 있음을 높이 평가했다. 방수진은 관념의 형이상학자와는 거리가 멀다. 그녀는 육체의 현상학자다. 허황된 말을 남용하지 않는다는 의미다. 지상의 풍경에 밀착한 작품들. 방수진의 시는 그래서 상승과 하강을 거듭해도 읽는 사람을 어지럽게 하지 않는다. 데뷔작을 예로 들겠다.

1.

선전물이 붙는다 오늘 하루뿐이라는 창고대개방
준비 없는 행인의 주머니를 들썩이게 만든다 간혹
마음 급한 지폐들이 앞사람 발뒤꿈치를 따라가고
몇몇은 아예 선전물처럼 벽에 붙어 버린다
철 지난 윗도리, 떨어진 단추, 올 풀린 스웨터, 뜯어진 주머니까지
다들 제 몸에 상처 하나씩 지닌 것들이다
습기 찬 창고에서 울먹이는 소리는 여간해선 지상으로 들리지 않는 법

2.

조금은 잦은 듯한 창고개방이 우리 집에도 열린다

일 년에 다섯 번 혹은 예닐곱으로 늘어나기도 하는 그날엔
아버지 몸에서 하나둘씩 튀어나오는 물건들을 받아 내느
라 힘들다
하지만 나는
집 안 여기저기서 날아오는 냄비며 플라스틱 용기들이
온몸으로 떨고 있는 것을 보았다
때론 다리에 멍울을 남기고
깨진 도자기에 발을 베게 만들지만
아버지의 창고 그곳에서 누구도 딸 수 없었던
창고의 자물쇠가 서서히 부서지고
서로 쓰다듬을 수 없어 곪아 버린 상처들이
밤이면 울렁거리는 속을 부여잡고
제 심장 소리에도 아파하고 있을 것이다

3.

아직,
연고 한번 바르지 못한 상처들로 창고가 북적거린다
창고의 문을 열어 두는 이유는
더는 그것들을 보관할 수 없어서가 아니다
서로 다리 한쪽씩 걸치고 있는
우리들의 절름발이 상처를 들여다보는 것이다
몇 번의 딱지가 생기고 떨어졌어도

한번 베인 자리는 쳐다보기만 해도 울컥하는 법이지
그래서 창고개방하는 날
거리에는 저마다의 창고에서 빠져나온
우리들이, 눈송이처럼 바닥을 치며 쌓여 가고 있었다
                                    ―「창고大개방」 전문

　이 시의 수직적인 것―상승과 하강의 구도를 이루는 대
상은 창고와 우리 집이다. 폐업으로 물건을 싸게 팔 수 밖
에 없는 상인이 창고를 개방한다. 염가에 현혹된 행인들
이 북적북적 그곳으로 몰려갈 때, 화자는 "여간해선 지상
으로 들리지 않는" "습기 찬 창고에서 울먹이는 소리"를 듣
는다. 지상보다 높은 곳에 있든, 낮은 곳에 있든 간에 창
고가 수직적인 위치를 점유한다는 방증이다. 이것이 우리
집과 연결된다. 그가 창고에서의 울먹임을 들을 수 있었던
까닭도 여기 있다. "조금은 잦은 듯한 창고개방이 우리 집
에도 열린다". 저렴하게 물건을 구입해서 기분 좋은 소비자
가 아니라, 어쩔 수 없이 물건을 그렇게 내다 팔 수밖에 없
는 생산자의 씁쓸한 패배감을 화자가 공유한다.
　우리 집의 창고는 아버지 것이다. "나의 여름이 아버지
의 겨울을 이기고 싶었"다는 「그날들」에서도 확인할 수 있
지만, 방수진이 간직한 유년 시절의 어둠은 대부분 아버
지와 관련된다. 화자는 "아버지 몸에서 하나둘씩 튀어나오
는 물건들을 받아 내느라 힘들다"고 토로한다. 그런데 놀

랍다. 그가 아버지의 심정을 헤아리기 때문이다. 화자는
아버지가 던진 물건들이 "온몸으로 떨고 있는 것"을 보고,
"제 심장 소리에도 아파하고 있을 것"이라고 짐작한다. 그
는 고통의 피해자와 가해자의 "상처를 들여다보는" 섬세한
사람이다. 3연에서 "우리들"이라는 복수형 주체가 괜히 쓰
인 것이 아니다. 심지어 그들은 "눈송이처럼 바닥을 치며"
끝까지 수직적인 행동을 견지한다. 밖에서 안으로 다시 안
에서 밖으로 이행하며 깊이를 한층 더 확보해 간다.

두 번째 방향 : 수평적인 것

방수진은 중국에 오래 머물렀고 중국의 한 대학원에서
중어중문학 석사학위도 받았다. 그녀는 중국통이다. 실제
로 이 시집에는 티베트·네이멍구·광시 등 중국과 관련된
변방 자치구 지역들이 자주 등장한다. 물론 「낮아지는 골
목」에는 베이징도 나온다. 그러나 이마저도 후통이라 불리
는 베이징의 골목일 뿐, 방수진은 결코 중국의 중심─혹
은 주류라고 여겨지는 것들에 대해 쓰지 않는다. 이는 그
녀 자신이 중국에서 이방인으로 살았기에 체화된 감각이
리라. 이럴 때 방수진은 "낯선 이들의 숨소리에도 휘청거
리는 구름"(「흩어지는 몸, 실크로드」)이 된다. 그녀의 구름은
대륙을 떠돈다. 수평적 이동은 넓이를 고안한다. 그리고

전술한 대로 방수진은 시선과 더불어 몸을 같이 움직인다. 그 시를 읽는다.

　　낯선 이들의 숨소리에도 휘청거리는 구름
　　끊임없이 돌아가는 시계추
　　절뚝거리는 욕망의 배
　　이곳은
　　손 닿는 무엇이든 모두 흩어져 버리는
　　감정의 폐허다 혹은
　　돋아나는 경계이거나

　　지친 눈 감았다 뜨면 펼쳐지는 기록의 길들 이곳은 당신의 심박 수에 맞춰 모였다 흩어지는 모래의 집, 나루로 속속들이 배들이 정박하고 두건 사이로 비단처럼 땀이 흘렀다 밤은 처음 온 사람처럼 자주 잠을 이루지 못하고 내일 건네질 것들 이름표를 확인하고 갔지 푸른 눈의 상인들이 줄지어 정박하는 날이면 저마다 보따리 안에서 무엇인가를 꺼냈다 수중 몇 푼으로는 돌아갈 길 없었기에,

　　이방인이라 웃으며 악수를 청하는 상인, 그의
　　손끝에서 들었네
　　모래 가득 낀 손톱 밑으로 회오리쳐 오는
　　이국의 낱말들을

태초의 기억은 도망가듯 사라지고
세상 모든 적막함이 자지러질 듯 떨리고 있었지
뱃전이 무섭게 흔들리던 날
부서진 몸을 부여잡고 천 밤을 울고서야 알았네

기억의 집이 바람에 부딪힐 때마다
선 붉은 피 토해 내는 이유를
자꾸자꾸 깨어난 꿈이 왜
삐걱거리며 먼 곳으로 가려 하는지를
　　　　　　　　　　－「흩어지는 몸, 실크로드」 전문

　실크로드는 동서양 문명의 횡단사가 집약된 길이다. 한
데 비단길에서 화자가 느끼는 것은 풍요와 번영의 역사가
아니다. "손 닿는 무엇이든 모두 흩어져 버리는/감정의 폐
허다 혹은/돌아나는 경계이거나". 그것은 아마 실크로드
가 화자의 눈에 "절뚝거리는 욕망"이 "끊임없이 돌아가는
시계추"처럼 분출되는 광경으로 비춰지는 탓일 테다. 비단
길이 아름다운 교통로라니. 이곳은 "비단처럼 땀이" 흐르
는 운송과 매매 노동의 현장일 따름이다. "수중 몇 푼으로
는 돌아갈 길 없었"던 상인들의 사정은 또 어떠할까. "돌
아오지 않는 그대들을 향해서 피우는 향"(「네이멍구, 기록수
첩」)은 비단 유목민만을 위해 바쳐진 것이 아니었다.

히말라야를 넘어 "떠나온 길에서 한 생애를 키우는/쑥쑥 자라나는 소년들"(「자라나는 소년들」)도 있을 것이다. 하지만 "서랍 속 신경안정제"(「자라나는 소년들 3－이방의 목소리」)를 필요로 하는 밤이 적지 않으리라. 「화성으로부터, 여자」처럼 "화성을 떠나온 마지막 여자"도 마찬가지다. 방랑은 떠나온 사람도, 떠나보낸 사람도 "자주 잠을 이루지 못하"게 한다. 이를 예증하는 것이 「흩어지는 몸, 실크로드」의 4연이다. 이때 화자가 "부서진 몸을 부여잡고 천 밤을 울고서야 알았"다는 진실이 뭘까 궁금해진다. 분명 기억과 꿈에 관한 어떤 깨달음일 텐데 이에 대한 힌트를 찾기는 쉽지 않다.

이것은 이 시집의 다른 시에서 단서를 발견해야 할 듯하다. 예컨대 사과를 파먹는 벌레의 경로를 쓴 작품은 어떨까. "몸뚱이가 스쳐 간 곳은 모두 상처였으나/아프지 않았다"는 「부드러운 통로」 같은 시. "일생을 예고 없이/온몸으로 맞는 일/온 마음으로 막는 일//그렇게 마음으로 살고/마음으로 견디는 일"에 익숙하다는 광시 「아이의 방식」 같은 시. 자칫하면 모든 것을 황폐화시킬 수 있는 떠돎의 부작용을 달콤한 흔적으로 전환하는 방법을 배우고, 무작정 밤을 견디는 것이 아니라 "홀딱 벗은 마음으로/쏟아지는 밤을 안곤" 했던 아이의 태도를 떠올리는 식으로. 정답이 아니라도 괜찮다. 수평적 이동은 많은 사례를 참조하면서 반복 확장하니까. 우리가 모색하는 답은 거기에서 변용된다.

133

세 번째 방향 : 대각선적인 것

수직적인 것으로도, 수평적인 것으로도 현시되지 않는 양상들이 있다. 이를 방수진의 구름은 대각선적인 것의 비껴 나가는 운동성으로 잡아내려 한다. 앞에서 수직적인 것은 깊이를, 수평적인 것은 넓이를 발생시킨다고 썼다. 그렇다면 대각선적인 것은 무엇을 만드나. 한마디로 입체를 빚어낸다. 깊이나 넓이의 평면에 삼차원을 부여하는 것이다. 유추하건대 "낙엽과 낙엽 사이 그 허공의 힘"(「낙엽을 버티는 힘」)이 그와 가깝지 않을까. 하나 확실한 점은 대각선적인 것의 추구는 수직적인 것과 수평적인 것을 전제한다는 사실이다. 혼자서 비스듬히 이동하는 것이 아니다. 반드시 당신과 내가 있어야 한다. 우리가 반대로 빙글빙글 돈다 해도.

> 우회전한 내가 사는 세계가
> 좌회전한 당신이 사는 세계를
> 몰래 뒤쫓고 있습니다
>
> 당신이 나를 향해 항해한다고 해도
> 막다른 골목을 만나거나
> 끄트머리에서 떨어지는 일은

없을 것입니다

나는 끝없이 당신을 끌어당기지만
태어나기 전에 죽고
밤을 지새울수록 어려지는 날들이 지나도
우리가 서로에게 멀어지고 있다는 것은 모를 거예요

물론 뻥 뚫려 출렁거리는 기억의 바다를
가로지른다면 당신을 따라잡을 수도 있겠지요
달콤하고 뜨거운 비명을 지르며
돌아보는 당신을 한입 가득 깨물어 볼 수 있을지도

하지만 나를 탈출하려는 당신의 속도와
당신에게 들어가려는 나의 발걸음은 알지도 몰라요
우뚝 선 당신의 그림자와 앉은뱅이 나의 그림자는
결코 겹쳐질 수 없을 거예요

먼 행성의 공전이 우리를 기쁘게 할 수는 있지만
우리의 공전이 먼 행성을 춤추게 할 수는 없듯이
                                     −「도넛 이론」 전문

  당신과 내가 있어서 사랑을 한다. 속도와 방향이 같지
않아도 좋다. 본래 사랑은 정합적인 논리에 기반을 두지

않는다. 그럼에도 서로 만나지 못하고 돌고 돌기만 하는
"우리의 공전"을 과연 사랑이라고 부를 수 있을까? 당신은
"좌회전"을, 나는 "우회전"을 하는 엇갈림. "나는 끝없이
당신을 끌어당기지만" "우리가 서로에게 멀어지고 있다"는
현실을 바꾸지 못하는데. "우뚝 선 당신의 그림자와 앉은
뱅이 나의 그림자는 결코/겹쳐질 수 없을 거"라는 예상도
당연한 건데. 그러니까 우리에게 대각선적인 사유가 요구
되는 것이다. 뒤따라가지 않고 "뻥 뚫려 출렁거리는 기억
의 바다를/가로지른다면 당신을 따라잡을 수도 있겠"다.

　알다시피 도넛의 가운데는 비었다. 이런 공백이야말로
대각선적인 것을 가능케 하는 핵심이다. "당신의 이마에
이마를 맞대고 한동안 깨지 않을 합집합을 꿈꾼다"(「개기
일식」)는 나의 바람도 차원을 덧대는 사행(斜行)의 움직임
이 아니면 불가능하다. 아니, 그런데 실은 다 헛된 꿈일
지도 모른다. 이 시집의 1부에 속한 시들 대부분이 연애
의 발단이나 절정보다는 쇠락과 이별을 다루고 있으니 말
이다. 가령 "몇 문장만으로/너를 잡아 둘 수는 없다고 생
각한다"(「너를 믿어 본다는 것」)거나, "홀연히 사라진 당신만
큼/큰 웅덩이 하나가 패어 있다"(「당신이 멀다」)거나 "당신은
여전히 추악하지만 눈을 감아도 아름답다. 이토록 잔인하
다."(「인정-L에게」)라고 쓴 시구들이 그렇다.

　그러나 1부 맨 앞에 있는 「雨연히」의 몇몇 구절을 우리
믿기로 하자. "우리는 한때 구름이었다"로 끝나지 않고, 결

국은 "우리는 여전히 구름이다"로 이어지는 인연을 긍정하기로 하자. "악수하자 멀어지는 간격의 방정식"보다는 "당신의 중력은 나의 척력마저 사랑해야 한다"는 정언 명령을 함께 따르기로 하자. "일정한 거리를 두고 서로를 바라볼 수 있다"는 것이 사랑의 또 다른 표현임을 그저 인정하기로 하자. 비 오는 날이 야기한 우연성—우산 하나에 모여 들었던 교집합을 비의 전생이자 후생인 구름의 성질과 연관 짓기로 하자. 수직적인 것·수평적인 것과 달리 대각선적인 것의 행로에는 비약하는 모험을 감내하는 용기가 필수적이다. 4부 맨 뒤의 시 「대기만星」도 다음과 같은 마무리로 「雨연히」에 호응한다. "달릴 것이다/죽도록 달릴 것이다". 이 시집은 대각선적인 것이 낳는 구조적인 입체성을 애초부터 염두에 됐다.

•

　수직적인 것·수평적인 것·대각선적인 것으로 방수진의 구름을 조명했다. 그녀의 시에 깊이·넓이·입체가 존재함을 밝히려 한 것이다. 한 가지만 덧붙이고 싶다. 분리해 서술했으나 세 가지 영역은 방수진 시에 항상 공존한다는 점이다. 그것을 탐색하는 작업이 이 시집을 읽는 흥미를 더하리라 생각한다. 또한 내가 미처 시도하지 못한 방법론이 당신에게 있을 것이고, 따라서 내가 인식하지 못한 그녀의 다채로운 구름을 당신이 감지할 수 있으리라는 기대가 크다. "진실로 외로워 본 자들"(「가로등」)이라면, "견디는 것들은 모두 슬프"(「ㄱ의 감정」)다고 느끼면서, "왜 슬픔은 먹어도 먹어도 허기지는가"(「무인반납기」)라는 의문을 가져 본 사람이라면 이 시집을 훨씬 세밀하게 독해하겠지.

그런 당신에게라면 마지막으로 권하고 싶은 것이 있다. 방수진의 구름에서 반짝거리는 걸 살펴보라는 조언이다. 그녀의 구름에는 실버 라이닝—구름의 가장자리에서 퍼져나오는 한 줄기 빛이 있다. "구름 뒤에는 항상 빛이 있어요. 인생에서 빛을 찾으세요."(《Look for the silver lining》) 쳇 베이커(Chet baker)가 부르기도 한 이 노래를 들으면서 나는 방수진의 시집을 손에 들었고, 주로 대각선적인 것에서 그녀 구름의 실버 라이닝을 찾아냈다. 이 시집에 없는 밝음을 진짜 본 것인 양 거짓말한 게 아니다. 이것 없이는 여정을 시작조차 못했을 테니까. 실버 라이닝을 품은 구름이 오늘도 우리 머리 위를 지난다.

시인수첩 시인선 026
한때 구름이었다

ⓒ 방수진, 2019

초판 1쇄 발행 2019년 8월 16일
초판 2쇄 발행 2020년 1월 23일

지은이 | 방수진
발행인 | 강봉자·김은경

펴낸곳 | (주)문학수첩
주   소 | 경기도 파주시 문발로 214-12(문발동 511-2) 출판문화단지
전   화 | 031-955-4445(대표번호), 4500(편집부)
팩   스 | 031-955-4455
등   록 | 1991년 11월 27일 제16-482호

홈페이지 | www.moonhak.co.kr
블로그 | blog.naver.com/moonhak91
이메일 | moonhak@moonhak.co.kr

ISBN 978-89-8392-753-8 03810

「이 도서의 국립중앙도서관 출판예정도서목록(CIP)은 서지정보유통지원시스템
홈페이지(http://seoji.nl.go.kr)와 국가자료공동목록시스템(http://www.nl.go.kr/
kolisnet)에서 이용하실 수 있습니다.(CIP제어번호: CIP2019027814)」

이 도서는 한국출판문화산업진흥원 '2019년 우수출판콘텐츠 제작 지원' 사업
선정작입니다.

* 파본은 구매처에서 바꾸어 드립니다.